Vente du Lundi 31 Janvier 1881

HOTEL DROUOT, SALLE N° 5

A DEUX HEURES

—⊙—

TRÈS-BELLES

ÉTOFFES BRODÉES

MEUBLES EN TAPISSERIE LOUIS XIV

OBJETS D'ART ET DE CURIOSITÉ

—

EXPOSITION PUBLIQUE

Le Dimanche 30 Janvier 1881, de 1 heure 1/2 à 5 heures

—◄─►◄─►—

M⁰ ESCRIBE	M. A. BLOCHE
COMMISS⁺⁰-PRISEUR	EXPERT
Rue de Hanovre, n° 6	Rue Laffitte. n° 44

PARIS — 1881

Vve RENOU, MAULDE, et COCK

IMPRIMEURS DE LA COMPAGNIE DES COMMISSAIRES-PRISEURS

Rue de Rivoli, 144.

CATALOGUE

DE BELLES

ÉTOFFES BRODÉES

MAGNIFIQUES PORTIÈRES, COUVRE-LITS, TAPIS

Miniatures, Argenterie

Monnaies, Faïences, Porcelaines, Bronzes

Glaces

MEUBLES EN TAPISSERIE LOUIS XIV

DENTELLES, OBJETS DE CURIOSITÉ

DONT LA VENTE AURA LIEU

HOTEL DROUOT, SALLE N° 5

Le Lundi 31 Janvier 1881

A DEUX HEURES

M° ESCRIBE	M. A. BLOCHE
COMMIS^{re}-PRISEUR	EXPERT
Rue de Hanovre, n° 6	Rue Laffitte, n° 44

CHEZ LESQUELS SE TROUVENT LES CATALOGUES.

EXPOSITION PUBLIQUE

Le Dimanche 30 Janvier 1881, de 1 heure 1/2 à 5 heures

PARIS — 1881

CONDITIONS DE LA VENTE

Elle sera faite au comptant.

Les Acquéreurs paieront, en sus des adjudications, CINQ CENTIMES PAR FRANC, applicables aux frais.

Aucune réclamation ne sera admise une fois l'adjudication prononcée.

DÉSIGNATION

ÉTOFFES BRODÉES

1 — Deux paires de magnifiques Portières en satin
rouge, très richement brodées d'or à rosaces,
avec semis de fleurs de lis au centre et inscrip-
tions au bandeau.

2 — Très beau Couvre-Lit en velours bleu, richement
brodé de fleurs au centre, de rinceaux et d'ara-
besques sur la bordure. Doublé en soie.

3 — Très beau Couvre-Lit en soie rouge, richemen
brodé, offrant au centre un médaillon à inscrip-
tion et des ornements, bordure à jolis dessins
s'enlaçant.

4 — Joli Tapis en velours de Perse polychrome et
richement brodé de fleurs et de feuillages.

5 — Beau Tapis en velours de Perse, offrant au centre
un médaillon à rosace et gerbes de fleurs et,
sur les bords, des rinceaux en riche broderie.

6 — Tapis de table en drap brodé dit *mosaïque.*

7 — Tapis de table analogue.

8 — Tapis fond bleu à rosace brodée sur fond de drap.

9 — Tapis de table, même travail, plus grand que le précédent.

10 — Autre Tapis offrant en broderie une grande rosace sur fond de drap.

11 — Dix Dessus de siéges en drap rouge brodé.

12 — Neuf Coussins fond bleu brodé.

13 — Onze Coussins analogues, fond noir.

14 — Deux Peignoirs en linge blanc d'Orient.

15 — Six Serviettes en linge blanc d'Orient.

———

OBJETS D'AMEUBLEMENT
ET DE CURIOSITÉ

16 — Beau Canapé en tapisserie au petit point, offrant au dossier des jets d'eau, des oiseaux et des fleurs; dessus, des sphynx et des fleurs. Époque Louis XIV.

17 — Beau Canapé en tapisserie au petit point, sujet
d'après Bérain. Epoque Louis XIV.

18 — Grand Fauteuil en tapisserie au point, représentant des figures, des animaux et des ramages.
Époque Louis XIII.

19 — Grand Fauteuil en tapisserie au point, représentant des animaux et des ramages. Époque
Louis XIII.

20 — Deux Chaises en tapisserie au point, sujets chinois. Époque Louis XIV.

21 — Deux autres Chaises en tapisserie au point, sujets
chinois. Même époque.

22 — Table en bois sculpté et doré, dessus en tapisserie au point à figures de Chinois. Époque
Louis XIV.

23 — Six Chaises couvertes de tapisseries au point,
représentant des scènes villageoises, d'après
Téniers.

24 — Table en bois sculpté, couverte en tapisserie au
point. Époque Louis XIV.

25 — Deux Chaises en tapisserie à figures. Époque
Louis XIV.

26 — Quatre Tabourets couverts en tapisserie du temps
de Louis XIV.

27 — Deux Coussins en tapisserie Louis XIV.

28 — Sous ce numéro, dix paires de Cornets en faïence
italienne; décors et formes divers (Sera divisé).

29 — Belle Commode ornée de bronzes. Époque
Louis XV.

30 — Plateau à contours en faïence de Sceaux; décor
à fleurs.

31 — Saladier en porcelaine de la Chine; décor céladon
et bleu.

32 — Coffret en émail peint de la Chine; décor à fleurs.

33 — Lot de Seaux, Monnaies et Médailles.

34 — Deux grands Lustres hollandais en cuivre poli
(Seront vendus séparément).

35 — Belle Ménagère en argent, forme de bosquets et
rocailles. Époque Louis XV.

36 — Grande Glace avec cadre orné de fer ouvré,
style Louis XIII.

37 — Deux grandes Soupières en ancien blanc de Saxe.

38 — Quatre Carafes de Bohême; gravées.

39 — Grande Figurine en porcelaine d'Allemagne, une
Précieuse ridicule.

40 — Deux autres Figurines : Danseur et Danseuse.

41 — Carafe et quatre Verres gravés.

42 — Carafe gravée.

43 — Joli Groupe de quatre figures en biscuit de Vienne (le Triomphe de l'Amour).

44 — Bonbonnière avec miniature (Portrait de femme) sur le couvercle. Époque Louis XVI.

45 — Bonbonnière en écaille avec miniature sur le couvercle et plaque en or gravé à l'intérieur. Epoque Louis XVI.

46 — Bonbonnière en écaille piquée d'or, montée en or Époque Louis XVI.

47 — Cassolette, forme œuf, en ivoire, monture à griffe en or. Époque Louis XV.

48 — Tabatière en écaille.

49 — Éventail en écaille rehaussée d'or avec paillettes.

50 — Sucrier en cuivre. Éqoque Louis XVI.

51 — Timbale en cuivre.

52 — Gourde d'Avignon.

53 — Quatre Cafetières de Saxe et de la Courtille.

54 — Chocolatière de Saxe, à fleurs.

55 — Huit Tasses avec soucoupes; décors variés en ancienne porcelaine de Saxe.

56 — Trois Pièces; décor bleu sur blanc de la Courtille.

57 — Jardinière, forme Louis XV, en faïence de Marseille.

58 — Grand Bol en vieux Chine, fond gros bleu.

59 — Service en vieux Saxe cotelé; décor à fleurs en camaïeu violet.

60 — Quatre Plats de Delft.

61 — Quatre Assiettes de Delft,

62 — Miniature anglaise sur ivoire (la Duchesse de Devenshire). Signée Dixon.

63 — Miniature allégorique sur ivoire. « A la Volupté. »

64 — Miniature sur ivoire (Jeune Femme riant), robe grenat bordée de fourrure.

65 — Miniature sur ivoire, signée, représentant Marie-Antoinette.

66 — Miniature sur ivoire (Jeune Femme et son Enfant, costume Louis XVI).

67 — Miniature sur ivoire (la Princesse de Polignac, costume Louis XVI).

68 — Miniature sur ivoire (Jeune Femme écrivant dans
un jardin).

69 — Miniature (Jeune Femme, costume Empire, col-
lier corail).

70 — Deux Miniatures (Pierre le Grand et Catherine de
Russie).

71 — Miniature représentant Garrick, célèbre acteur
anglais.

72 — Miniature représentant Bartholo Senatore, célèbre jurisconsulte italien.

73 — Boîte en ivoire teint, monture argent.

74 — Étui écaille Louis XVI.

75 — Deux Consoles Amour en porcelaine de Saxe.

76 — Boîte pourpre en porcelaine de Saxe.

77 — Boîte gros bleu, marquée, Sèvres.

78 — Hotte en porcelaine de Saxe.

79 — Bague en or et miniature ornée de pierres fines.

80 — Épingle ornée de pierres fines.

81 — Lot d'Argenterie composé de deux Cuillers à sucre
et deux Fermoirs porte-monnaie Louis XVI.

82 — Chaise en bois sculpté, couverte en velours de
Gênes.

83 — Autre Chaise analogue.

84 — Deux Portières très-richement brodées sur fond
écru, rinceaux et personnages.

85 — Double Portière, pareille aux précédentes.

86 — Chasuble brodée d'or et de soie sur fond blanc.
Époque Louis XV.

87 — Reliquaire en bois sculpté. Travail très fin.

88 — Miniature (Portrait de femme).

89 — Châtelaine Louis XV.

90 — Tabatière écaille, garnie en argent doré, forme
baignoire.

91 — Plateau avec incrustations or et argent. Travail
oriental.

92 — Bague or et camée.

93 — Deux Groupes de figurines Louis XV (la Pêche et
la Chasse).

94 — Deux autres Groupes de deux figurines (l'Automne
et l'Été). Même travail.

95 — Coffret écaille.

96 — Grande Cuiller en bois sculpté.

97 — Deux Dalmatiques, fond lilas, brochées de soie de couleur et d'or.

98 — Éventail Louis XIV.

99 — Autre bel Éventail, vernis Martin (Jeux champêtres).

100 — Six Morceaux en points d'Alençon.

101 — Une Collerette en point d'Alençon.

102 — Sous ce numéro, les Objets non catalogués.

Vve RENOU, MAULDE et COCK, imprs de la Compagnie des Commissaires-Priseurs, rue de Rivoli, 144. 14740

RED. :

20

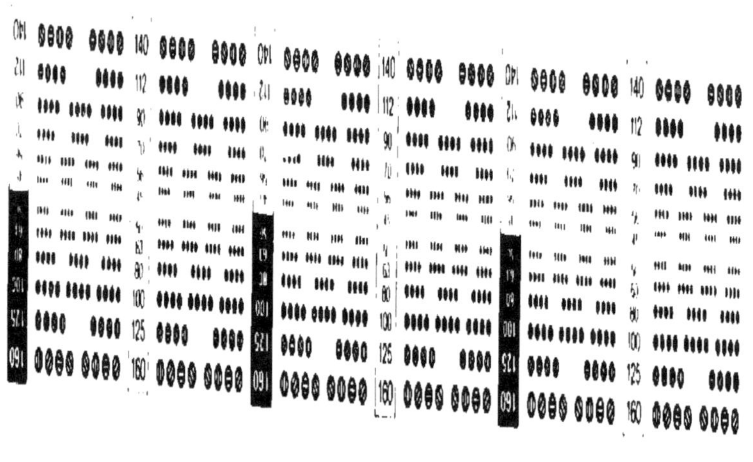

MIRE ISO N° 1
NF Z 43-007
AFNOR
Cedex 7 - 92080 PARIS-LA-DEFENSE
graphicom

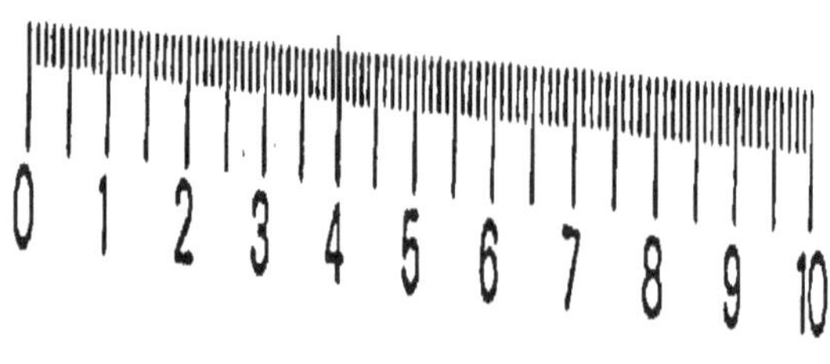

0 1 2 3 4 5 6 7 8 9 10